AF280299

BEZIEHUNGSWEISE

CLAUDIA J. SCHULZE

Short Stories-Anthologie

FSC
www.fsc.org
MIX
Papier aus ver-
antwortungsvollen
Quellen
Paper from
responsible sources
FSC® C105338

© Claudia J. Schulze, 2022, Lektorat: Phillo, Leipzig, Bilder: Klára Sedlo, Prag. Herstellung und Verlag: BoD - Books on Demand, Norderstedt.
ISBN: 9783756241286

Bibliotherapeutische Geschichten können triggern. In diesem Fall möglichst mit einem Bibliotherapeuten / einer Bibliotherapeutin an den jeweiligen Geschichten biographisch arbeiten!

Anthologie: Leseproben & Bonus-Material

Prolog

Vor Hunden hatte ich, nach zwei Attacken, die mich im Kindesalter ereilt hatten, immer eine geradezu überwältigende Angst - bis ich Gaston begegnete. Deswegen sage ich, und werde immer sagen- ganz gleich wie er sich auch zwischenzeitlich gebärdete- dass er mein Engel ist.

Die Angst vor Menschen (welche aufgrund ihrer Dummheit, die nur noch durch ihre Boshaftigkeit und ihre Gier übertroffen wird - diese Beobachtung wurde bereits vor Jahrhunderten gemacht; ich weise lediglich auf sie hin), ist allerdings nicht weggegangen. Wie könnte sie auch? Nur ein Idiot hat keine Angst vor dem, was sich gemeinhin „Mensch" nennt.

Mit Gaston allerdings, wurde es dann ein wenig anders, zumindest in Bezug auf meine Einstellung Hunden gegenüber.

Während ich darüber nachsinne, sitze ich unter dem Baumkreis in der Innenstadt und lese Sarte, das Buch ist rot als wollte es einen Stier auf sich aufmerksam machen. Hunde tangiert diese Farbe nicht. Das habe ich aus zuverlässiger Quelle gehört. Ohnehin kommt nur gelegentlich kommt Hund mit seinen Besitzern vorbei- und wenn, dann hält er sie an der Leine.

Meine Angst hält sich also in Grenzen, während ich mir meine Gedanken zu Sarte mache.

Wenn die Hölle die Anderen sind- dann bin ich für die Anderen die Hölle. Warum?

Was habe ich getan das mich in solch diabolisches Licht setzten könnte?

Habe ich nicht immer versucht den alten Damen über die Straße zu helfen und den Kürbiskopf aus unserem Haus nicht spüren zu lassen, dass einen Kürbiskopf hat.

Ich finde das nicht fair. Wenn ich die Hölle sein soll, dann kann das doch nur im Kontext eines groben Irrtums vonstattengegangen sein.

Doch sollte ich vielleicht, andererseits nicht allzu sehr an Kürbisköpfe, an wildgewordene Haulemännchen wie Benischeks fou, nicht an Hunde oder Fledermäuse denken, sonst kommt mir am Ende noch das Erlebnis ins Gedächtnis, vor welchem mich Gaston eindringlich gewarnt hätte- wäre er damals bereits in meinem Leben gewesen.

Doch noch war ich Gaston nicht begegnet; die Einsamkeit hatte sich schwer auf mich gelegt, und an jenem Abend ganz besonders.

Ich war in einem Hotel in Italien gewesen.

Es war eins der hundefreundlichen Hotels. Wäre Gaston also bereits damals in meinem Leben gewesen, hätte er mich bis hierher begleiten können. Doch noch war es nicht soweit. Allein war ich, wie fast immer in letzter Zeit. Verstehen Sie mich nicht falsch. Gegen das Alleinsein ist nichts einzuwenden. Gelegentlich kann es sehr erhellend sein.
Doch, in zu großer Dosis konsumiert, kann auch dieser Schuss nach hinten losgehen.
Ab und an, und sei es zur Zerstreuung, ist man auf das Monster, also den Mitmenschen angewiesen. Zuweilen, das wissen Sie vermutlich ebenfalls, kann es in Hotels geradezu unheimlich einsam werden. Manchmal, wenn ich da allein am Tisch sitze, warte ich auf dieses Kind mit den Schlupflidern aus dem Bruce Willis Movie.
Ich warte darauf, dass es auftaucht, mich anspricht und mir mitteilt, dass ich längst tot bin. Aber es erscheint nicht. Man bringt mir sogar, wie all den anderen, den lauten und exaltierten Mit-Gästen gut ausgewählte Speisen an den Tisch. Speisen, die ich imstande bin zu essen, Getränke, die ich leeren kann. Offenbar bin ich also doch nicht tot.
„Buona sera, gentile Dottoressa". Der Oberkellner

hat heute die besten Manieren. Trauen kann ich ihm nicht. Zu geleckt, zu aufgesetzt und einstudiert. Ich muss nicht mehr nach dem kleinen Jungen schauen, dennoch verstecke ich mich ein wenig hinter der orangenen, bauchigen Vase. Es ist Halloween. Als exklusive Vorspeise wird eine Art Finger gereicht, gebacken und unerfreulicherweise täuschend echt aussehend. Ja, nur ein Mensch kann sich offenbar am Verzehren des Fingers eines Mitmenschen erfreuen. Ein leichenblasser Ringfinger mit einer hauchfeinen Mandelscheibe als Fingernagel.

Der Finger ist leicht gekrümmt. Genau sieht man die jeweiligen Glieder. Der begnadete Koch scheint über ganz besondere anatomische Kenntnisse zu verfügen. Ich schiebe den Finger mit der Gabel unter den Salat und weigere mich ihn zu essen.

Als Hauptgang gibt es etwas, das auf beklemmende Weise an ein menschliches Gehirn erinnert, eine furchtbare Masse, die aber erstaunlich gut schmeckt. Nachdem ich die Vorspeise ausgelassen hatte, wird mein Hunger nun doch zu groß, um auf dieses matschige Etwas zu verzichten. Zum Nachtisch offeriert man endlich gebackene Totenköpfchen und Schokoladenfledermäuse mit einer extra Portion

Kuvertüre an den Flügeln. Sie schmecken immerhin ausgezeichnet. Nun ja, offenbar bin ich tatsächlich noch nicht tot. Neben mir sitzt eine blonde Italienerin mit riesiger, mehrfach gekrümmter Nase, ausschweifender Familie und spitzer Hexenhut. „Cara Signora!", sie lächelt mich an. Ob ich dem Lächeln einer Hexe vertrauen kann? Doch primär geht es mir um eine andere Konklusion. Sie hat mit mir gesprochen. Also kann auch sie mich offenbar sehen. Der Oberkellner kommt, räumt ab, zackig, gekonnt. Will wissen, ob es mir geschmeckt hat. Ich nicke schwach und schleppe mich auf mein Zimmer. Erschöpft nage ich an meinem Proviant für die Nacht, einer Schokoladenfledermaus. Eigentlich bin ich bereits satt. Doch darf ich die eiserne Regel nicht brechen. Schon gar nicht an Halloween. Übermäßige Einsamkeit erfordert nämlich, ohne Ausnahme, Schokolade. Doch dann, wer weiß schon wie diese Dinge passieren, werde ich selbst zu dieser (etwas angenagten, derangierten) Fledermaus.

Kann das die Nebenwirkung eines Zuckerschocks sein? Wilde Halluzinationen, hervorgerufen durch jahrelanges Sich-Ein-kapseln? Davon konnte indes mittlerweile jedoch nicht mehr die Rede sein. Ich sauste an der Decke entlang, verließ, (auch das ist mir ein Rätsel), das Hotelzimmer ohne die Klinke zu nutzen, flitzte durch die Lobby, immer den Tönen nach hin zu der großen Halloween-Party, die, wie jedes Jahr, in diesem Hotel gegeben wird, und die mittlerweile einen geradezu legendären Ruf genießt. „Buona notte, Dottoressa". Ein etwas enthemmter, maliziös grinsender Hexenmeister begrüßt mich formvollendet, während die blonde Hexe, nebst Nase und Familie, um mich herumtanzten. Ja, auch die Nase tanzte zuweilen ganz für sich allein. Ein enormer Kronleuchter hatte die Feiergesellschaft in ein hoheitliches Licht gehüllt; Spinnweben hingen daneben herab, aus dem Nichts kommend, ein großer Kürbiskuchen und Punsch standen in der Mitte des Raumes. Das Klavier spielte von selbst, und sogar, ich versichere es Ihnen, die Stühle und die Tische tanzten Mambo. Ich als kleine dunkle, flinke Fledermaus konnte nicht genug davon bekommen in Windes Eile von der einen Seite des Raumes zur anderen zu gelangen und wieder zurück. Man glaubt ja nicht wie viel Energie man als Fledermaus so hat. Möglicherweise wurde diese Energie gemeinsam mit meinem zuvor erfolgten Zuckerkonsum kumulierend auf die Spitze getrieben. Ich flog vornüber und hintenüber, dribbelte in der Luft, drehte mich wie ein Kreisel zu allen beliebigen Seiten- sogar zu solchen, die man außerhalb dieses Festes in der Regel nicht zu sehen bekommt, und fand mich schließlich in einer ganzen Kolonie weiterer Fledermäuse wieder. Diese hingen friedlich mit dem Kopf nach unten und ruhten sich offenbar ein wenig aus. Ohne zu zögern gesellte ich mich zu ihnen. An Halloween sollte, zumindest, wenn sie mich fragen, niemand einsam sein. Eine Fledermaus, vor allem einem eine solche aus echtem, schwerem Schokoladen-Butter-Keks-Teig am allerwenigsten. „Darf ich Sie denn zu Ihrem Zimmer geleiten, Dottoressa?", fragte in den frühen Morgenstunden dienstfertig der Hexenmeister. Ich kicherte ein wenig verlegen mit meinen viel zu spitzen Zähnen, willigte dann aber dennoch ein. So viel Liebenswürdigkeit durfte man unter keinen Umständen unbeantwortet lassen. Derweil schickte sich Gaston bereits an das Brot zu tragen, doch das konnte ich zu diesem Zeitpunkt noch nicht wissen. Nur Gaston kann das Brot tragen. In den Händen eines Menschen nämlich, verwandelten sich, ganz unweigerlich, die Brote in Schlangen.

„Diese einzigartigen Geschichten von Claudia J. Schulze sind echte Fangeschichten, wie ich sie mit aller Hochachtung nennen würde. *Mal unterschwellig komisch, mal untröstlich, tieftraurig, nachdenklich, mal hoffnungsvoll, mal grotesk und absurd. Doch immer - und vor allem - sind sie menschlich. Es sind existentielle Verdichtungen in denen die conditio humana in all ihren möglichen Facetten gezeigt wird.*

(„Heisenberg", ext. 2021)

INHALTSVERZEICHNIS

Als ich wieder zurück in Deutschland war und dort beim Bäcker um Brötchen anstand, während mich zahllose Plaketten darauf aufmerksam machten, dass unter keinen Umständen ein Hund im Laden erlaubt sei, staunte ich nicht schlecht als plötzlich etwas meine Hosenbeine streifte.

Es war ein Baguette, doch streifte mich dieses nicht von allein. Vielmehr befand es sich quer im Maul eines recht kompakten kleinen Hundes.

Dieser Hund trug das Gebäck quer im Maul, hechelte und wirkte dabei von so hohem allgemeinen Nutzen, welcher Hygienebedingungen als etwas Kleinliches unweigerlich ad absurdum geführt und ersetzt hätte.

Ein steinalter Mann, ich schätzte ihn auf 162 Jahre, wobei mir zugleich klar war, dass diese Zahl eine unrealistische sein dürfte, folgte ihm.

„Das hier ist Gaston", erklärte mir die Frau in der Schlange vor mir die Sachlage. „Gaston darf das!"

„Warum?", fragte ich und rechnete mit einer Antwort in dem Sinne, dass Gaston ein ausgewiesener Therapiehund sei, ein Blindenhund oder sonst etwas mit caritativem Hintergrund bekam immer eine Extra-Wurst, aber das ist ein etwas abgegriffener Begriff.

Lassen Sie es mich daher anders erklären. „Nichts

von dem", antwortete sie mir. Vielmehr blickte sie mich erstaunt an, wies mit dem Finger auf Gaston als sei es doch so evident, dass es keiner Erklärung bedurfte. Seufzend ließ sie sich dann doch zu einer hinab und sprach streng: „So sehen Sie doch. Er *trägt* das Brot!" Wie sie es aussprach hatte es bereits etwas Sakrales an sich.

„Er *trägt* das Brot", und tatsächlich bildeten sein schwammiger, von viel zu viel Haut gewellter Rücken und das quer im Maul getragene, sich bereits erweicht habende Baguette eine Kreuzform.

Also nickte ich nur und ergab mich jener Logik, während Gaston unter den freundlichen Blicken der Wartenden schnaufend und hechelnd mit dem Baguette im Maul und seinem Besitzer im Schlepptau die Bäckerei verließ.
Trotz der Last, welche das Baguette unweigerlich für ihn darstellen musste, hielt er seinen Kopf in die Höhe. Er wusste es.
Er wusste, dass für ihn, für Gaston, andere Regeln als die gewöhnlichen galten. Er nämlich trug das Brot.
Als ich mich nach ihm umdrehte, nur um mich selbst zu versichern, dass ich nicht halluzinierte, tat er das Gleiche. Unsere Blicke trafen sich, meine wanderten von seinen Augen zu dem Brot und wieder zurück, was ihn unbeeindruckt ließ. Das war meine erste Begegnung mit Gaston.

Gaston 2

Ich erkannte Gaston sogleich als ich ihm nur wenige Wochen später, es war in meinem Lieblings-Café, ein weiteres Mal begegnete.
„Hören Sie! Er will doch nur den Keks!" Obgleich mein Bekannter sich sonst kaum die Butter vom

Brot, geschweige denn den Keks vom Unterteller hätte nehmen lassen, tat er zu meiner großen Verwunderung genau das. Ein scharfer Blick Gastons in seine Richtung hatte genügt. Fast zitternd übergab er dem keuchenden, entschlossenen Hund das mit purer Dreistigkeit erbeutete Gebäck und ergab sich der Bitterkeit seines Kaffees, nun gänzlich ohne den obligatorischen Trost des mit so viel Liebe und auch Fingerspitzengefühl gebackenen Mürbegebäcks, wohingegen es nur zweier Schmatzer bedurfte und Gaston alles restlich vertilgt hatte.

Die Haltung meines Bekannten war nun gedrückter. Mit tiefhängenden Schultern war er sich seiner beschämenden Niederlage gegen den Hund bewusst, gegen ein Tier welches es noch nicht einmal geschafft hatte auf eine anständige Kniehöhe anzuwachsen. Mit leisem Entsetzen bemerkte ich, dass sich auch in meinen Augen die Attraktivität meines Begleiters verflüchtigt hatte.

Lange blieben wir nicht mehr in dem Café.

Gaston knurrte uns ein wenig nach, doch das war, mit Verlaub, nun auch schon egal. Zudem, mag es auch albern klingen, könnte dieses klägliche Knurren auch dem Magen meines Begleiters gekommen sein. Ein Knurren wie ein Klagelied oder aber wie die nicht in Worte gefasste Drohung, ihm so etwas nie wieder anzutun. Dass er nämlich nicht nur das Gebäck, sondern vielmehr auch seine Reputation verloren hatte, und dass er dies wusste, war nicht zu übersehen. Der alte Mann sah mittlerweile nur noch aus wie ein Geist. Ob ihm Gaston auch so zusetzte? Gegen den Besten zu verlieren, dachte ich mir, ist immerhin bei Weitem keine Schande. Beim Hinaus-gehen drehte er sich nach mir um.

Gaston kreuzte nach dieser zweiten Begegnung meinen Weg nun häufiger. Zunächst nur beiläufig, auf der Straße. Vom alten Mann war gar nichts mehr zu sehen, doch ab und zu, wenn Gaston angeleint war, hielt ihn eine Hand, die man nicht sehen konnte. Unheimlich genug, ich weiß. Halloween wo es nichts zu suchen hat.

Und doch beinhaltete die Bekanntschaft mit Gaston nicht zu leugnende Vorteile für mich.

Gaston war es letztlich auch, der, einige Wochen später, in meinem Haus einen Einbruch verhinderte.

Und dies, obgleich es nicht sein Haus war, und ihn daher durchaus hätte kalt lassen können. Nicht aber Gaston.

Diesmal trug er zur Abwechslung kein Baguette, er zerkaute auch kein Mürbegebäck.

Vielmehr apportierte er ein kleines weißes Brötchen im triefenden Maul, wobei ich mir wirklich sehr unsicher bin ob seine Ernährung nicht doch eine Einseitige sein dürfte.

All dies geschah zu einer Zeit in welcher Gaston ganz offensichtlich zum Streuner geworden war, keine unsichtbare Hand führte ihn mehr an der Leine, kein alter Mann forderte Cafébesucher mehr auf ihren Keks abzugeben, Vieles wies darauf hin, dass Gaston allein zurückgeblieben war.

Zwar lebte er nach wie vor im Haus des Alten, doch dienten ihm das Haus und sein früherer Bewohner ganz offenbar nur noch als Stützpunkt, was seine täglichen Ausflüge in die nähere Umgebung nahelegten. Auf diese Weise erfuhr ich, dass Gaston im Grunde schon lange mein Nachbar gewesen war; kein direkter Nachbar zwar, doch lebte er nahe genug um nun auch mir regelmäßig einen Besuch abzustatten. Meistens beobachtete er mich dabei, wie ich den Vorgarten mit all seinen Beeten und Bepflanzungen umgrub; eine Arbeit die mich nicht besonders fesselte, an der aber kein Weg vorbeiführte.

Mit Gaston, der während all seiner Besuche stets ruhig neben mir saß, aufrecht wie eine kleine Statue, erschien mir die Arbeit leichter und mein Widerwille gegen sie verflüchtigte sich ein wenig.

Eine durchaus nicht zu Nachahmung, zu empfehlender Angewohnheit von mir bestand darin, während meiner Gartenarbeiten den Schlüssel zur Tür innen stecken zu lassen, wobei die Haustür angelehnt war, und durch einen darin eingekeilten Gartenstiefel daran gehindert wurde zuzufallen.

Mir war keine bessere Lösung eingefallen, da ich den Schlüssel nicht mit in den Garten nehmen wollte. Ohne Gaston hingegen wäre mir das jedoch fast zum Verhängnis geworden. Von mir unbemerkt hatte sich die listige, krummbeinige Schwägerin von quer gegenüber angeschlichen, ein niederträchtiges Weib, dem auf dieser Welt alles, aber auch wirklich alles zuzutrauen war. Sie hatte vor nicht allzu langer Zeit die Hälfte meiner Pflanzen mit einer Chemikalie getötet, deren giftige Ausdünstungen bei großer Hitze noch immer aus dem Boden stiegen. Es war ihr ausnahmslos alles zuzutrauen.

Diesmal hatte sie es offenbar auf meinen Schlüssel abgesehen. Schlüssel zu entwenden war eine ihrer Spezialitäten. So hatte sie bereits als Kind ihrer Großmutter den Hausschlüssel gestohlen und diesen vergraben, da bei ihr die Hilflosigkeit und die Tränen der alten Frau eine ganz merkwürdige Befriedigung hinterlassen hatten.

Nun hätte es mich erwischen sollen, mit allen bitteren Konsequenzen, doch Gaston schlitze ihr, als sie im Begriff war zu Entkommen, ungeahnt gekonnt das Hosenbein auf, stellte ihr unter Einsatz seines gesamten Körpers ein Bein, und ließ sie nicht mehr aus dem Vorgarten entkommen.

Ich tat so als würde ich nichts bemerken, was die groteske Momentaufnahme ins Absurde verlängerte. Die Sonne brannte grell auf den kleinen Garten herab, und ich bereute es den Lavendel nicht schon in den frühen Morgenstunden gegossen zu haben.

Das typische, leise Knurren Gastons begleitete das monotone Brummen von Bienen und Hummeln. Ilske Benischek, die krumm - und säbelbeinige (was durchaus kein besonderer Widerspruch ist) Schwägerin hatte die erbeuteten Schlüssel mittlerweile auf die weiße Treppe fallen lassen.

Sie stand noch immer starr vor Gaston.

Diesmal war sie allein.

Hundekuch, der ihr sonst immer half, war gerade nicht in der Nähe. Hundekuch, der widerwärtige Angestellte ihres Mannes, eines ausgewiesenen Schwächlings und chronischen Lügners.

Zusammen bildeten sie eine Triade der Lüge, deckten sich komplizengleich, die Schurken, wobei der Schwächling nicht wusste, dass Ilske regelmäßig auch exklusiv von Hundekuch, dem Haulemännchen in jeder Lebenslage gedeckt wurde.

Hundekuch war viel zu geschickt um sich jemals erwischen zu lassen.

Vielleicht wäre es dem schwächelnden Ehemann auch entschieden egal gewesen, man sah seinen Sportwagen nämlich immer freitags gegen frühen Abend in der Nähe eines Etablissements mit weitaus zärtlicheren, wesentlich hochbeinigeren Damen.

Doch blieb es ein Verrat in der obersten Zelle, der Chef-Triade; daran war nun nicht zu rütteln.

Der Verrat hatte das Konstrukt bereits begonnen zu zersetzen, doch noch war es nicht sichtbar, noch war Ilkse (wie auch so häufig bei Hundekuch), im wahrsten Sinne (wild grunzend) ganz obenauf.

Lediglich Gaston war der Verbrecherin nun unbestechlich in die Parade gefahren, der tapferste aller Hunde, wie ich mittlerweile fand.

Mir war nicht danach dem üblen Weib zu begegnen, so rief ich Gaston herbei, der mir keuchend und schnaubend einen herzlichen Besuch am duftenden Lavendelbeet abstattete, so dass Ilske sich ebenso steif, fast einbeinig davonstehlen konnte wie sich ein niederträchtiges Weib nun einmal davonstiehlt.

Dreist wie sie nun einmal war hatte sich zuvor nochmal hastig keuchend nach dem Schlüssel zu bücken versucht, doch Gastons drohendes Gurgeln hatte sie davon abgebracht.

In schnellem Watscheln verließ sie mein Grundstück unverrichteter Dinge, wendete den Kopf mit böse gesenktem Nacken, während Gaston mir aus edler Freundschaft schniefend den Kopf in die Hände legte und mich ansah.

Ein Wachhund gegen das Böse, wenn das doch nur alle guten oder zumindest halbwegs anständigen Seelen haben könnten!

Derweilen summten Bienen und Hummeln weiter um die Wette, der Lavendel verströmte großzügig seinen Duft und ich war kaum noch bereit zu glauben, dass all dies mehr gewesen war als ein vorübergehender, schlechter Traum.

Gaston 4

Der chronisch schwächelnde Ehemann, als ahnte er, was zwischen Kuch und Ilske vorging, hatte nicht die Größe ihnen das zu gönnen was sie verband. Im Gegenteil empfand er es als empörend, dass Ilske, die er selbst, vor allem was ihr äußeres Erscheinungsbild nun noch vorzuweisen hatte, gerne buchstäblich (und nicht nur in Gedanken) von der

Bettkante gestossen hätte, mit Kuch eine kostenfreie körperliche Symbiose unterhielt, wohingegen er, der weitaus besser Aussehende (zumindest sah er dies so, zudem mit Sportwagen und besonders teuren italienischen Herren-Parfüm ausgestattet, im Freitags-Etablissement den vollen Preis zahlen musste, wenn ihn die Sehnsucht nach schönen, mit nur wenig Lebensjahren belasteten Frauen quälte.

Solcherlei Ungerechtigkeiten war er nicht bereit hinzunehmen. Obgleich er wusste, dass er von Kuch abhängig war, da dieser sein Popanz und sein Hans-Dampf- in - allen - Gassen war (letzteren Ausdruck vermied er in letzter Zeit ganz bewusst), so wollte er ihn doch demütigen. Subtile Herabsetzungen waren immerhin sein Markenzeichen. Kuch, der sein Motorkraftrad immer vor dem Herrenhaus hatte parken durfte, wurde nun unter einem Vorwand, *downgegraded*, musste nun demütig mit einem Parkplatz neben den stinkenden Mülleimern Vorlieb nehmen. Passend erschien es mir, wobei ich mich gehütet hätte, dies laut auszusprechen. Es passte zum schwächelnden Ehemann, der letztlich alle auf den Müll warf, und es passte zu Kuch, der seine Seele, sollte er jemals eine besessen haben, gegen einen bösen, stinkenden Charakter eingetauscht hatte, ohne offenbar auch nur darüber nachgedacht zu haben. Denken war noch nie seine Stärke gewesen.

Obgleich sich Gaston niemals mit hinterhältigen Menschen gemein machte, schon gar nicht mit dem schwächelnden Ehemann, konnte er sich in dieser Situation offenbar schwer entscheiden.

Am Ende war es Gastons Blase, die ihr Eigenleben entwickelte. Das Motorkraftrad wurde zu seinem Lieblingsgegenstand an dem er seine Notdurft verrichtete.
Weit vor der Zeit rottete das Gefährt nun vor sich hin.
Kuch vernahm den Geruch zunächst nicht, da der Gestank des Mülls alles überlagerte, sommers und winters.
Eines Tages quittierte das Gefährt seinen Dienst, was Kuch zunächst in einer grimmigen Stimmung ließ, die er jedoch mit Blick auf den Sportwagen, den der schwächelnde Ehemann fuhr, wieder in etwas umwandelte, was mit dem Begriff der Vorfreude in einen perfekten Einklang gebracht werden konnte.
Diesen Sportwagen würde bald er fahren!
Wer weiß, vielleicht sogar würde er ihn an den Freitagen ebenfalls ausfahren, um eine gewisse Abwechslung von Ilske zu haben.
Man wollte sich ja dann auch einmal selbst etwas gönnen.
Als wüsste Gaston dies alles bereits, winselte er drängelnd, gerade so als könnte es ihm nicht schnell

genug gehen. Was nur, hatte Gaston mit diesen Dingen zu schaffen? Ja, er war zu meinem Hund geworden, dennoch bedeutete dies doch nicht automatisch, dass er sich mit den Menschen aus meinem Leben befassen musste, die mir nichts Gutes wollten.

Ich begann ihm zu wünschen, dass das Tragen des Brotes wieder das sein könnte, was sein Leben bestimmte, doch Gaston, oder auch das Leben, hatten andere Pläne.

Der Sportwagen stand in der Garage.

Nur alle paar Tage, namentlich an Freitagen verließ er diese, in schneller, getriebener, Fahrt jedoch.

Gaston fühlte sich offenbar hierdurch harsch um die Möglichkeit gebracht seine persönliche Signatur zu hinterlassen.

Ich tröstete ihn, da ich sofort wusste, dass einem Hund wie Gaston immer wieder, und zu jeder Zeit, etwas Neues einfallen würde.

Es dauerte nicht lange, und er wurde vollkommen mein Hund. Dies äußerte sich darin, dass er nicht mehr in sein altes Haus zurückkehrte, sondern beschlossen hatte bei mir zu wohnen. Bereits nach kurzer Zeit kam es mir so vor als sei es niemals anders gewesen. Und etwas in mir ließ den Verdacht aufkommen, dass es Gaston möglicherweise ähnlich erging. Ich glaube mittlerweile, dass es von Anfang an so hat kommen müssen.

Als ich ihn auf meine erste Reise seit seinem Einzug
nicht mitnehmen konnte, stach etwas in mein Herz-
in einer Weise, die ich vorher nicht gekannt hatte.

Dame mit Hündchen

Der bereits in einer anderen Erzählung verwandte Titel soll und wird nicht zu Verwechslungen führen; da bin ich guter Dinge.

Dass dergleichen Möglichkeit sich bald in Luft auflöst, dafür wird bereits ein subtiler Hinweis darauf ausreichen, dass es sich in der von mir nachfolgend geschilderten Begebenheit um eine durchaus betagte Dame handelt, und es auch ansonsten in dieser, meiner Geschichte nicht von besonders liebevollem Verhalten ausgegangen werden darf. Zurück zu der betagten Dame. Nach eigenen Angaben ging sie bereits auf die Hundert zu, und dass es ihrem geliebten Hund, zumindest beim Zugrundelegen des Multiplikationsfaktors, mit dem man Hundejahre berechnet, ähnlich erging wie ihr. Es handelte sich also um eine ungewöhnlich alte, fragile Frau mit den Augen einer Leinwandgöttin und mephistophelischem Kinn. Ihr Hund war klein und *grau*meliert. (In der Frisur ähnelten sie sich und entsprachen hiermit der recht weitverbreiteten Vermutung, dass sich Hunde und Herrchen-respektive Frauchen - mit der Zeit einander anzugleichen pflegten). Auch bei mir und Gaston würde das so sein, wenngleich ich ihn, da er sich an jenem Tag nicht so wohlfühlte, unter Aufsicht meiner Freundin zuhause gelassen hatte. Ein solcher Tag zählte für die Angleichung vermutlich nicht. Doch zurück zu den markanten Attributen des Damen-Kopfes. Auffallend waren ihre großen, junggebliebenen Augen, die wie von einem Meister seines Faches gemalt wirkten. Ich kann mich kaum erinnern jemals schönere Augen gesehen zu haben. Fast wirkten sie zu schön um wahr sein zu können. Ihre Nase war gerade und klassisch geschnitten, etwa wie man es sich bei einer griechischen Statue vorgestellt hätte.

Ihre Haut war hell, besonders zart und das weite Kinn von so ausdrucksstarker Ausladung, dass es ihre Schönheit durchbrochen hätte, wenn man nicht, wie es bei ihr eindeutig der Fall war, automatisch immer wieder den Blick zu ihren Augen hin schweifen lassen musste. So lief sie brav mit ihrem winzigen Hündchen in der Hauptstraße Badenweilers entlang, trippelte gar ein wenig geziert- der Eleganz wegen. Derweil war sie in Gedanken an ihren Mann versunken, einem, (wie ich bei einem späteren Gespräch erfuhr), feinfühligen und in der Kunst der Diplomatie ausgebildeten Herrn mit einer tiefen

Liebe für Russland, welcher, zu ihrem Bedauern, am Genfer See zurückgeblieben, sie allein auf diese Reise geschickt hatte. Sein Gesundheitszustand war nicht von der Art, die ihm erlaubt hätte Reisen zu unternehmen, schon gar nicht wenn es sich um Reisen außerhalb des Landes handelte.

Die Dame flanierte also, in Gedanken bei ihrem Mann und mit stolzem Blick auf ihr eben erst beim Hundefriseur so trefflich herausgeputztes Hündchen Dmitri Nikolajewitsch. Es muss auf der Höhe der Apotheke gewesen sein, als eine harte, knarrende Stimme sie wie ein Faustschlag traf: „Nehmen Sie den Köter weg!" Er hatte sich vor ihr aufgebaut. Mittelgroß, dunkelblond und auf eine unvorteilhafte Art schwitzend. Bevor die Dame noch imstande war zu antworten, wandte er sich dreist an die vorbeipromenierenden Kurgäste und ließ verlauten, dass eben diese Person samt ihrem räudigen Köter aus den „Baracken" stammte. Nun konnte sich der durchschnittliche eher biedere und betuchte Badenweilener Tourist (m/w/d) wohl verständlicherweise eher wenig unter dieser Ortsbeschreibung vorstellen. Dennoch drängte sich die Assoziation, auf es handele sich bei der Dame um einer böswilligen Bettlerin, welche sich mit ihrem listigen Begleiter unter die anständigen Leute gemischt habe, um sie zu bedrohen, ihnen von ihrem offenbar verschlagenen Hündchen verwegen die Hosenbeine und Nylonstrümpfe aufschlitzen zu lassen, vielleicht, wer weiß, Schlimmeres.

Ein, zugegebenermaßen, durchaus geschickter und kluger Schachzug des Mittelgroßen, da nun niemand, der es zuvor möglicherweise erwogen haben könnte ihr und Dmitri Nikolajewitsch zur Hilfe zu eilen, nun noch etwas davon wissen wollte. Die Dame, ob solcher Unverschämtheiten nun ihrerseits in haltlose Rage versetzt, begann den Mittelgroßen zu beschimpfen, ihm gar Schläge anzudrohen. Ihre Erziehung auf einem schamlos teuren Schweizer Internat, (auch hiervon sollte ich noch erfahren), war unversehens ins Hintertreffen geraten, nachdem man sowohl sie als auch ihr Hündchen auf solcherlei Art geschmäht hatte. Der Mittelgroße musterte sie hämisch und stellte siegessicher fest, dass sie ja durchaus nicht mehr die Jüngste sei, ganz im Gegenteil. So handle es sich bei ihr um ein besonders widerwärtiges Exemplar einer überflüssigen alten Schachtel.

Das volle Geschütz ihrer Augen, kombiniert mit dem bereits oben erwähnten Kinn verfehlten ihre Wirkung indes nicht. So veränderte sich seine Haltung sogestalt, dass ihm die Angst vor einer präzis gesetzten Rechten der hageren Greisin anzusehen war. Er trollte sich als habe er die angedrohten Schläge tatsächlich bereits erhalten, und ließ die noch immer aufgewühlte Dame zurück, die einfach nicht verstand was sich da zugetragen hatte. „Es gefällt mir hier nicht mehr hier, ich möchte nach Hause", schluchzte sie, sich Trost suchend an mich wendend. Zugleich presste sie den armen, einigermaßen verdatterten Dmitri Nikolajewitsch, welchen sie mittlerweile hochgenommen hatte, fest an die bebende, schmale Brust.

Das Beben hörte gar nicht mehr auf, so sehr ich auch bemüht war ihr gut zuzusprechen. *Mon coeur*, flüsterte sie ihrem Hündchen hierbei beschwörend zu. Wir waren mittlerweile, etwas von der Apotheke abgedrängt, vor einer Konditorei gelandet. Einer Eingebung folgend, lud ich sie ein. Schwarzwälder Torte mit Schuss und feinen Kirschen hat bestimmt noch niemandem geschadet, der gerade auf das Schändlichste beleidigt worden war.

Interessiert beobachtete ich wie sie Stückchen für Stückchen auf ihre Gabel schob und hoffte dabei auf eine Transformation durch die Ausschüttung von Glückshormonen zuverlässig begünstigt durch die Torte. Dem perfekten Glück aus lockerer Sahne, Alkohol, Schokolade und Kirschen war kaum zu widerstehen. Ich war recht guter Dinge, ihrer verständlichen Verstörung auf diese Weise beizukommen. Ihrem Hündchen war vom Kellner derweil ein Schälchen mit Wasser offeriert worden, wobei er es zugleich mit zahlreichen Kosenamen bedachte, was, wie ich glühend hoffte, die frisch geschlagenen Wunden sogleich wieder schließen würde. Doch war es, wie ich feststellen musste, nicht so leicht. Noch immer bekümmert verabschiedete sich die Dame nach etwa einer Stunde von mir. Am nächsten Tag sah ich sie wieder- genau an der gleichen Stelle vor der Apotheke. Diesmal jedoch wirkte sie nicht mehr traurig, auch nicht verstört und keinesfalls ängstlich. Vielmehr hatte sie ihr übergroßes Kinn zu allem entschlossen nach vorn gereckt. Sie patrouillierte! Ganz klar.

Ein Blick in ihre blitzenden, schönen Augen verriet mir, dass sie auf ihn wartete. Auf ihn, um ihm die versprochene Abreibung zu verpassen. Wir blickten uns kurz an, und ich wusste was sie vorhatte.

Sie wusste wiederum, dass ich es wusste. „Wie soll ich sie nur davon abhalten?" überlegte ich hilflos. Währenddessen fiel mir unvermittelt auf, dass selbst das Hündchen sein Kinn kämpferisch streckte. Es war entschieden.

Ich würde sie nicht davon abhalten. Ich würde es noch nicht einmal versuchen.

Zum Abschied zwinkerte ich Dmitri Nikolajewitsch aufmunternd zu.

Ihr jedoch gab ich ganz feierlich die Hand, während sich in mir die Vorfreude darauf steigerte, Gaston bald wieder bei mir zu haben.

Ihm ging es, seiner Begrüßung nach zu urteilen, genauso.

Nachdem Gaston etwa neun Monate bei mir lebte, begann mich zunehmend zu fragen, woher Gaston, der rätselhafteste aller Hunde wohl kam, als mir die Geschichte von Fleur zugespielt wurde.

Oft schon sind mir solch mysteriösen Dinge passiert, nun jedoch häufen sie sich. Ich möchte Ihnen nun die Geschichte von Fleur ebenso wiedergegen wie sie sich mir offenbart hatte.

Es ist ebensowenig eine gewöhnliche Geschichte wie Gaston jemals ein gewöhnlicher Hund sein könnte. Mit Fleurs feinem Nachnamen hat dies, indes nicht allzu viel zu tun.

Fleur von und zu Sternberg

Fleur, mittlerweile zu ihrer gelegentlichen Scham „Mäuschen" genannt, war einst im Besitz einer Großherzogin gewesen, deren zahlreiche Titel ich hier, aus Gründen der Platzersparnis, aber auch aus Gründen der Privatsphäre nicht verraten werde.

Ich habe Fleur einen gewissen Titel verliehen, der jedoch die Titel einer Großherzogin nur unzureichend anzudeuten imstande ist. Besser als „Mäuschen" dürfte es jedoch, zumindest bei recht oberflächlicher Betrachtung, wohl allemal sein. Fleur besaß eine eigene Nanny von der Isle of Man und ein französisches Dienstmädchen, das ihr die Kissen aufschüttelte und die Schwermut aus den großen, im Jugendstil verzierten Fenstern lüftete.

Diese Schwermut! Ein Erbfehler in einem ansonsten einwandfreien Stammbaum. Man tat alles, um Fleurs Stimmung aufzubessern. Ein Hunde-Zauberkünstler war gebucht worden, ein Klarinettist aus Jerusalem und einige Flüge rund um den Erdball. Die Flugbegleiterinnen waren zu ausgesuchter Höflichkeit angemahnt und mit einigen Leckerchen versehen worden. Alles sollte zu Fleurs Zerstreuung beitragen, doch nichts von dem allen half. Fleurs

Frauchen, so sehr sie sich selbst auch einen geduldigen Menschen nannte, verlor nach einiger Zeit die Nonchalance. Sie bat den für ihren Forst zuständigen Förster, Fleur zu erschießen. Einen Hund ihrer Kategorie gab man in kein Tierheim.

„Das Tier macht mich noch ganz schwermütig", seufzte die Großherzogin, wenn sie sich, nach ihren Ausritten gezwungen sah in das traurige Gesichtchen von Fleur zu blicken, dass unabwendbar unaufhellbar zu sein schien. Der Förster fackelte nicht lange und nahm Fleur mit in den Wald, wo er ihr klägliches kleines Leben mit einem sauberen Schuss von seinem und dem Leid der Großherzogin befreien wollte. Just in diesem Moment erlitt er einen Schwächeanfall, fiel auf den Boden, lag wie ein Käfer auf dem Rücken und musste den Trost von Fleur über sich ergehen lassen, der darin bestand, dass sie ihm zärtlich das Gesicht ableckte. Endlich kam Hilfe, zunächst in Form des adretten französischen Dienst-mädchens, welches ihm aufhalf und Fleur beruhigte. Die Hunde-Nanny folgte im Laufschritt nach. Als sie die Zusammenhänge begriff, fing sich der Förster eine so heftige Ohrfeige von ihr ein, dass er erneut zu Boden ging. „Aber meine geschätzte Madame", protestierte das Dienstmädchen zunächst, (die Höflichkeit blieb natürlich reine Floskel, doch ging das in jenen Kreisen nicht anders). bevor auch sie von der Wut über das, was man Fleur hatte antun wollen übermannt wurde, und sie nun ihrerseits die Hacken ihrer hohen Absätze in den geschundenen Leib des Försters rammte. Allzu schlimm durften sie ihn indes nicht zurichten. Allerdings nur deshalb nicht, weil sie eben eine teure Erziehung genossen hatten.

Ohne Fleur waren sie ihre Arbeitsstellen ohnehin los, so dass sich Zurückhaltung in dieser Hinsicht nicht gelohnt hätte. Doch immerhin versprach ihnen der Förster, bei der Ehre des Waidmanns, Fleur nicht zu verraten und gegenüber der Großherzogin den Tod des braven Hündchens zuverlässig zu verkünden.

Zur Untermauerung wolle er, auch das wurde ihm unter Schmerzen abgerungen, ein Signal auf seinem Jagdhorn ertönen lassen, welches jeden Zweifel zerstreuen würde. Fleurs Leben, was nicht allzu schwer zu erraten ist, wurde selbstverständlich gerettet. Man brachte sie heimlich ins Tierheim, bevor Madame Suzie, (niemand kannte ihren Nachnamen), wieder in die Normandie, und Miss

Mable Hemsworth-Godlay auf die Isle of Man zurückkehrte.

Fleur blieb auch im Tierheim diejenige, die sie zuvor gewesen war. Manche Dinge ändern sich eben ebensowenig wie Hunde, Katzen, Menschen oder gelbe Kanarienvögel.

Sie blieb indes nicht lang, da eine sensible Dame, namens Elsie, sich ihrer annahm. Nach außen wirkte Fleur noch immer nicht besonders glücklich, nach innen jedoch ein wenig mehr.

Die Hündin verzieh Madame Elsie sogar, dass man sie fortan „Mäuschen" nannte. Fleur war aus feinem Hause und daher über solche Nebensächlichkeiten, zumindest zumeist, wahrhaft erhaben.

Und vor allem bleibt zu erwähnen, dass es Gaston (neben anderen, einer von ihnen der später bekannte Antosha), deren Mutter Fleur war, sonst niemals gegeben hätte.

Nicht auszudenken - wo ich Gaston doch so sehr brauchte! Vor allem in der Trauer jener Zeit...

Ja, zu der Trauer Fleurs gibt es noch mehr zu sagen. Vielleicht, oder doch eher höchstwahrscheinlich hat ja gerade sie dafür gesorgt, dass ich mich von Gaston so gut verstanden fühle.

Vom Traum und vom Leben

An dem Tag, an welchem Elsie beschloss Mäuschen endgültig der Melancholie zu entreißen, (den meisten Menschen fällt es schwer eine solche bei sich oder bei anderen Wesen zu ertragen), war Graf Archibald Douglas passenderweise gerade in der Nähe und Mäuschen ihm nicht abgeneigt.

Hinter Graf Archibald Douglas verbarg sich nichts anderes als ein Hündchen, das Mäuschen nicht unähnlich war und vermutlich derselben Rasse angehörte. Elsie hätte es unangebracht, ja geradezu vulgär gefunden, den stolzen Besitzer nach einem Stammbaum zu fragen. Es ging ihr nicht um Hundezucht, vielmehr hoffte sie, dass Mutterfreuden ihr Hündchen von der Tristesse erlösen würde, von der sie, besonders an regnerischen Tagen, so regelmäßig heimgesucht wurde. Allerdings ist das eine Rechnung, die nicht unbedingt aufgeht.

Nicht lange darauf hatte Elsie nicht nur einen melancholischen Hund, sondern gleich zwei davon.
Wo steht es denn auch geschrieben, dass die Mutterschaft- ob für Hund oder Mensch ein All-heilmittel darstellen sollte? In vereinzelten Fällen, vielleicht sogar in vielen, mag das zutreffen, doch eine allgemeine Regel lässt sich daraus mit Sicherheit nicht ableiten. Auf welcher Grundlage denn auch?

Ist nicht auch der Hund *mehr*, kann nicht auch mehr sein als einfach nur ein Organismus, der zur Reproduktion verdammt ist? Jeder, der einmal ein kleines Hündchen, ein Neugeborenes, auf dem Arm hielt oder sein Tapsen verzückt beobachtete, wird über eine solche Überlegung entsetzt den Kopf schütteln.

Und doch sollte es erlaubt sein eine solche auch einmal zu äußern.

Auch ich bin hin- und hergerissen von Welpen. Elsie erging es nicht anders, doch als sich die Aufregung um das Neugeborene, um den Zauber, der allem Anfang innewohnt, und der uns hilft zu leben, gelegt hatte, da war es wie es war. Nun gab es in ihrem Haushalt gleich zwei Hunde mit Weltschmerz. Der kleine Graf Antosha von Douglas, Mäuschens Sohn, behalf sich mit einem beinahe den ganzen Tag andauernden Schlaf, eine Angewohnheit, die ich in solchen Zusammenhängen auch schon bei tief schwermütigen Menschen beobachten konnte. Doch im Gegensatz zu ihnen waren seine Träume schön. Es war ihm deutlich anzumerken. Eine Freude ihm beim Schlafen zuzusehen!

Was Mäuschen so dachte, wenn sie ihren Sohn Antosha, Graf von Douglas betrachtete, wusste Elsie nicht. Elsie hingegen, wenn sie ihn so beobachtete schlussfolgerte zuweilen, dass es im Grunde nicht so wichtig war, ob man sein Leben verträumte oder nicht.

Denn da war sie sich sicher: Wenn die Träume schön waren, dann lohnte sich das doch allemal.

Über ein Jahr habe ich mich damals, nach dem Unfall ebenfalls geflüchtet.

Wäre Gaston doch schon damals bei mir gewesen. Bei uns.

Wer weiß, vielleicht wäre dann alles ganz anders ausgegangen.

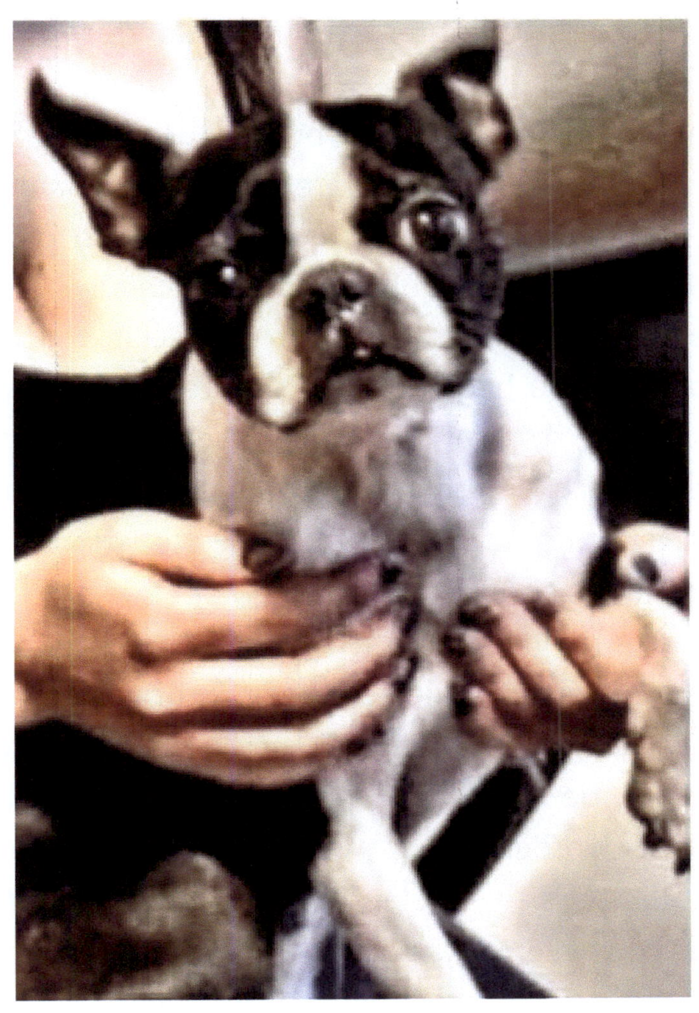

Der Beifahrer

Als ich 11 Jahre alt war, wurde meine damals beste
Freundin von einem Auto überfahren.

Es war ein Nachmittag im Juni. Die Birke vor meinem Haus strahlte mit ihrem weißen stamm wie eine Königin.

Meine Freundin war allein mit dem Rad unterwegs gewesen, normalerweise wäre ich mit ihr zusammen unterwegs gewesen, allerdings war, als ich gerade mit ihr aufbrechen wollte, ein Vogel gegen meine Scheibe geflogen der noch lebte. So schickte ich sie los ohne sie zu begleiten. Es machte ihr nichts aus. Sie lachte, so wie sie immer lachte, ein wenig beneidete ich sie um ihre Schönheit, obwohl ich sie ihr gleichzeitig auch gönnte, da sie zu den wenigen Menschen gehörte, die nicht nur im Äußeren, sondern auch im Inneren schön waren.

Doch nun war der kleine Vogel wichtiger als alles Andere, ich vergaß meine Freundin und ich vergaß die Birke, den Baum, der anlässlich meiner Geburt gepflanzt worden war. Ich wollte beobachten, ob der kleine Vogel sich erholen würde. Nach einer Weile wurde der Kleine tatsächlich wieder munter. Ich setzte ihn vorsichtig auf meine Handfläche. Er war so leicht und flauschig. Bis auf das Rascheln der Blätter meiner Birke war kaum etwas zu hören. Plötzlich jedoch vernahm ich das Martinshorn.

Es hatte offenbar irgendwo einen Unfall oder einen sonstigen Notfall gegeben. Ich wusste nicht, dass das meiner Freundin galt. Ihre Mutter erzählte mir später, in den Tagen nach der Beerdigung, dass sie das Martinshorn gehört habe und in dem Augenblick „Bescheid" wusste.

Doch zurück zu jenem Tag. Während noch das Martinshorn die Stille des Tages durchbrach, starb der kleine Vogel in meiner Hand. Ich dachte, dass ich ihn getötet hätte, weil ich ihn vielleicht nicht auf die Handfläche hätte setzen sollen.

Etwas ganz Schlimmes war passiert.

Es lag richtiggehend in der Luft. Im Sarg hatte man sie mit all ihren Stofftieren aufgebahrt.

Sie sah noch schöner aus als Schneewittchen, ein entsetzliches Bild, unmöglich es jemals zu vergessen. Kein Prinz würde sie wachküssen.

Es war mehr als man begreifen konnte.

Ein Jahr lang konnte ich kaum schlafen. Tagsüber lebte ich in meinen Träumen.

Hier war meine Freundin noch lebendig. Sie lachte oft, wir fuhren Rad und gingen gemeinsam ins Kino, in die Eisdiele oder ins Schwimmbad.

Ihre schwarzen Haare waren so dicht und glänzend wie immer und ihre Augen blitzten nur so vor reiner Lebensfreude. Nur wuchs sie, im Gegensatz zu mir nicht mehr. Der Todesfahrer hingegen, prahlte mit Gedächtnisverlust und „Filmrissen". Ich habe ihren Tod bis heute, viele Jahre später, nicht verkraftet. Dies ist auch der Grund, warum ich noch immer ungern und defensiv Auto fahre. Auch wenn ich dafür ausgelacht werde bleibe ich dabei. Ich hatte immer Angst davor jemanden tot zu fahren. Jetzt sitzt Gaston mit mir im Wagen und bringt mir Glück.

Kinderräuber

Nicht immer ist Gaston physisch bei mir, und doch fühle ich mich selbst dann von ihm beschützt, wenn der Atlantische Ozean zwischen uns liegt. Einmal wurde ich in Brasilien, Gaston konnte nicht bei mir sein, da ich ihn vor dem viel zu langen Flug hatte bewahren wollen, von einer Gruppe von Kindern überfallen.

In Brasilien ist das nichts, was man auf die leichte Schulter nehmen sollte.

Vermutlich sollte man so etwas überhaupt niemals auf die leichte Schulter nehmen.

Sie hatten ein Messer dabei und wollten, dass ich die Handtasche öffne. Ich habe mich sofort einigermaßen naiv gestellt, und den Kindern, neben einer Skizze die unter anderem Gaston zeigte, all die bunten, fancy Postkarten gezeigt, die ich gerade gekauft hatte.

„Schaut mal, wie toll". Ich bemühte mich um mein bestes Brasilianisch.

Offenbar erzielte ich eine gewisse Wirkung, die plötzliche Ruhe, die sich auf mich gelegt hatte, erklärte ich mir mit der seelischen Verbindung zu Gaston, der vermutlich just in jenem Moment an mich gedacht hatte, und dessen Gelassenheit sich zweifelsohne auf mich übertragen hatte.

Meine Angst ließ ich mir also nicht nur nicht anmerken. Nein, ich empfand sie komischerweise gar nicht. Die Kinder begannen zu strahlen. Das soll jetzt nicht kitschig rüberkommen.

Es war einfach so. Sie strahlten und grinsten was das Zeug hielt. Sie waren es wohl, das ist meine Interpretation der Lage, nicht gewöhnt einfach wie normale Kinder behandelt zu werden.

Aber genau das habe ich getan. Instinktiv.

Daraufhin verhielten sie sich wie Kinder, nicht mehr wie Taschendiebe.

Sie begleiteten mich sogar ein Stück nachhause, was nett war, da ich mich trotz allem ohne Gaston, und so weit von meinem Land entfernt, ein wenig einsam fühlte.

Andere Zeiten

Die Zeiten, in denen Gaston nicht bei mir gewesen war, begannen mir selbst unrealistisch zu erscheinen, gerade so, als hätte es niemals eine Zeit ohne ihn gegeben. Doch das ist natürlich ein Trugbild. Die Zeiten ändern sich unablässig, wenn man von komplizierten physikalischen Theorien absieht, und das nicht nur für mich.

Es waren offenbar auch andere Zeiten, als mein Großvater gleich drei meiner Haustiere tötete, ohne dabei das erkenntliche Gefühl gehabt zu haben, es könne etwas Unrechtes in seinem Verhalten zu erkennen sein. Das erste Tier war mein Kaninchen. Zwar war es noch nicht lange in meinem Besitz, dennoch war es mir bereits gelungen eine zarte Bindung zu dem Tier auf-zubauen.

Ich war sehr am Schwanken was den Namen betraf, da ich mir, es handelte sich immerhin um mein allerstes Haustier, besonders viel Zeit lassen wollte, um genau herauszufinden, welcher denn auch tatsächlich zum Wesen des sanften, etwas ängstlichen Tieres mit dem weichen, hellbraunen Fell passen könnte. Schließlich sollte es diesen Namen ja dann auch für eine ganze Weile behalten. Der lange Ent-scheidungsprozess war noch nicht ganz abgeschlossen, als sich die Frage erübrigt hatte. Mein Kaninchen war zu einem Braten geworden, nachdem mein Großvater ihm einfach mal so den Kragen umgedreht hatte.

Es war tot, mein kleines Kaninchen. Eine Tragödie - doch er ließ es sich schmecken. Etwas, was wohl kein Kind verstehen wird, zumindest nicht aus meinem Kulturkreis und in meiner Generation.

„Andere Zeiten", sagte man mir damals, um das Ganze zu erklären, auch, dass mein Großvater nun eben mal auf dem Land aufgewachsen sei, man würde mir ein neues Tier besorgen.

Diesmal war es ein blauer Wellensittich, Flocki, der so zahm war, dass ich sogar mit ihm gemeinsam das Haus verlassen konnte, ohne dass er wegflog.

Ich achtete darauf, dass mein Großvater gar nicht erst in seine Nähe kam, doch dann, ich kam gerade aus der Schule, bemerkte ich am Gesichtsausdruck meiner Mutter, dass etwas vorgefallen sein musste. Flockis Käfig stand offen, er war nicht da. Er saß weder auf dem Schrank, noch auf der Gardinenstange. Es dauerte eine Weile bis meine Mutter mit der Sprache herausrückte. Sie versuchte es mir sanft zu erklären. „Es war keine Absicht", begann sie den Satz mehrfach leise, unterbrach sich dann selbst und haderte mit sich, bis es ihr schließlich gelang das auszusprechen, was auch ihr selbst so unfassbar erschien. Flocki war tot.

Mein Großvater hatte ihn zähmen wollen, wie er es nannte, und Flocki in seine große, grobe Hand genommen. Seine eigenen Kräfte, wie so meistens, grob unterschätzend, hatte er Flocki dabei zerdrückt.

Ich beerdigte ihn feierlich und wollte niemanden aus meiner Familie mit dabeihaben. Meine Mutter weinte vom Fenster aus, doch ich hasste sie in diesem Augenblick, weil es ihr nicht gelungen war meinen Wellensittich vor diesem Menschen zu schützen. Ich vermisste Flocki mehr als man sich das vielleicht vorstellen würde. Immerhin hatte er lediglich 30,43 Gramm gewogen. Aber diese rund 30 Gramm wogen nun, in meinem Herz, ein Vielfaches mehr. In den Nächten konnte ich für eine Weile kaum noch schlafen. Von da an mied ich meinen Großvater.

Doch auch meine kleine, schwarze Katze Minou, die ich kurz darauf von einem Bauern geschenkt bekam, war nicht vor ihm sicher.

Geschenkt ist ein schöngefärbter Begriff; ich hatte Minou vor dem sicheren Tod gerettet, doch sollte ich erfahren, dass ich ihr nur einen Aufschub hatte gewähren können.

Es gab, selbst noch zu meiner Kinderzeit, nämlich die Angewohnheit Kätzchen einfach zu töten. Ich möchte an dieser Stelle verschweigen, wie. Das ist nämlich ein ganz besonders trauriges Kapitel im Zusammenspiel zwischen Mensch und Tier.

Minou und ich waren unzertrennlich. Ich ließ sie nicht mehr aus den Augen und war in ständiger Sorge um sie. Sie war ganz schwarz, nur auf der Stirn hatte sie einen kleinen, weißen Fleck. Ihre

Augen waren fast türkis, und sie konnte mich, wenn ich sie streichelte, mit ihren Pfötchen ganz wunderbar zurückstreicheln, wenn sie ihre kleinen Krallen einzog. Wenn ich bei Minou war, fühlte ich mich glücklich. Trotzdem begleitete mich ständig die Angst Minou könnte etwas zustoßen, so dass mir der tägliche Weg zur Schule immer unerträglicher wurde. Ein paar Mal gab ich vor krank zu sein, nur um bei Minou bleiben zu können. Irgendwann hatte ich diese Karte jedoch ausgereizt.

Es half nichts. Ich musste in die Schule. Minou begleitete mich jeden Tag ein kleines Stück, bis hin zur Laterne, dann drehte sie wieder um und verschwand, während ich auf das Schulgebäude zulief.

Das Gleiche wiederholte sich, wenn ich von der Schule kam. Sie lief mir bis zur Laterne entgegen und holte mich ab.

Da man als Kind nun also einmal in die Schule gehen muss, war es mir, das musste ich begreifen, unmöglich immer für sie da zu sein. Es fiel mir immer so unfassbar schwer von der Laterne an weiterzugehen, und umgekehrt kam das Glück zu mir zurück, sobald ich auf dem Rückweg Minou an der Laterne auf mich warten sah. Eines Tages im Frühjahr bemerkte ich eine Zecke direkt hinter Minous Ohr. Ich erklärte meinen Eltern, dass wir mit ihr zum Tierarzt müssten.

Nicht nur wegen der einen Zecke natürlich. Überhaupt musste so eine Katze regelmäßig untersucht werden. Sie brauchte Impfungen und eine Wurmkur. Mein Großvater wollte wissen, wer das alles denn bezahlen sollte. Ich sprach nicht gern mit ihm, doch an dem Tag machte ich eine Ausnahme und sagte ihm, dass ich genügend Taschengeld angespart hätte, um das alles selbst mühelos zu begleichen. Am nachfolgenden Tag, irgendwie fühlte es sich ähnlich unheimlich an wie damals bei Flocki, kam mir erneut meine Mutter mit besorgtem Gesicht entgegen, nachdem mich keine Minou an der Laterne erwartet hatte.

Da wusste ich, dass meine größte Sorge zur schrecklichen Realität geworden war. Meine Mutter behauptete wenig glaubhaft mein Großvater hätte Minou an freundliche Leute mit Kindern verschenkt, die vorhin hier gewesen seien. Sie konnte mir aber so wenig zu diesen

Menschen sagen, dass die Angst mir kalt den Rücken heraufkroch. Er hatte sie getötet. Mein Großvater hatte meine Minou einfach so getötet. Wahrscheinlich hatte er ihr, wie dem Kaninchen damals, das Genick gebrochen.

Dass er sich die Mühe gemacht haben sollte sie zu beerdigen, konnte ich mir nicht vorstellen. Ich wusste es.

Ich wusste einfach, dass meine kleine Minou mit schwarzem Fell und weißen Fleck, meine allerbeste Freundin, mit gebrochenem Genick verdreht und regungslos in unserem Mülleimer lag. Noch heute, so viele Jahre später, werfe ich mir vor, dass ich damals nicht nachgesehen habe.

Dass ich sie nicht dort herausgeholt und anständig bestattet habe, so wie sie es verdient hätte. Es war nur so, auch wenn ich es mir nicht verzeihen kann, dass ich den Anblick von Minou im Mülleimer nicht hätte verkraften können.

Ich habe sie im Stich gelassen. Noch immer fühlt es sich so für mich an. Mein Großvater lebt nicht mehr. Trotz allem bin ich traurig darüber. Ein Großvater ist immer etwas Besonderes, irgendwie.

Dennoch: Lebte er noch heute, so würde ich Gaston nicht einmal für den winzigen Bruchteil einer Sekunde aus den Augen lassen. Wie sollte ich es denn ernsthaft ohne ihn aushalten, ohne meinen Gaston?
Ich habe hier erneut ein Bild von ihm. So eben, wie man dazu neigt von seinen Liebsten viele Bilder mit sich zu tragen. Hier können Sie sich leicht einen Eindruck von ihm verschaffen:

Die Ausstellung

Da war es plötzlich, dieses Bild. Es zog mich zu sich. Martin, Dieter, Lars und Angela waren schon von Bild zu Bild bis hin zum Mittelgang vorgegangen. Angela las aus einem Katalog vor. Ich blieb stehen. Dieses eine Bild. Ich konnte nicht mehr weitergehen.

Diese junge Frau auf dem Bild. Ihre Augen.

Martin und Dieter diskutierten lautstark über die Pinselführung im Frühwerk des Künstlers.

Recht lange war es her gewesen, dass ich mich gefühlt hatte wie jetzt da ich in diese Augen blickte. So wenig allein. Diese junge Frau auf dem Bild. Sie sah mich. Sie musste mich sehen. Und ich sah sie. Ich sah *sie*.

Hinter der so traurig- verträumten jungen Frau eine geradezu romantisch anmutende, einschmeichelnde Märchenlandschaft.

Äußere Schönheit. Verführerische Illusion. Doch sie sah zu mir. In mich. Unmöglich, mich ihrem Blick zu entziehen. Zu lange schon hatte ich dieses Gefühl nicht mehr gehabt.

Das Gefühl, dass mich jemand *sieht*. Und ich konnte nicht mehr wegschauen.

Nicht mehr wegschauen. Nicht mehr. Oder doch mehr? Sollte ich sie bitten, aus dem Bild zu steigen? Mit mir nach Hause zu gehen?
Sollte ich das Bild einfach mitnehmen?
Verstohlen blickte ich mich um. Hinter mir war unbemerkt ein gepflegter älterer Herr an das Bild herangetreten. Selbstgefällig grinste er hinein.
„Gefällt Ihnen wohl, das Bild, was?"
Mit dem Zeigefinger tippte er auf die kleine Tafel rechts neben dem Bild. „Privatbesitz". „Ist mein Bild". Ich folgte seinem Blick. Erschrak. Er *sah* sie nicht.

Und da wusste ich, dass auch ich aufgehört hätte sie zu sehen, wenn ich meinem Wunsch nachgekommen wäre, sie mit mir zu nehmen.

Weil das immer so ist. So stand ich da, antwortete dem älteren Herrn nicht auf seine Frage und genoss einfach nur ihre Nähe.

Wie lange ich da stand weiß ich nicht. Irgendwann kam Angela, um mich zu holen.

Lass mich noch bleiben, dachte ich. Und zwang mich zu gehen. Angela sollte nicht merken, wie schwer mir das fiel.

Die Augen der jungen Frau blickten mir nach. Ich konnte sie deutlich spüren.

Und es machte mich glücklich. Wunschlos.

Martin, Lars und Dieter diskutierten mittlerweile recht angeregt über die *auffehlende* Perspektive (eine ihrer Wortschöpfungen) in der bekannten Bildserie die der Maler unmittelbar vor seinem Tod vollendet hatte.

Es gibt keine Perspektive, dachte ich.

Es gibt niemals eine Perspektive.

Es gibt immer nur einen Blick. Und manchmal - ganz selten- passiert es, dass einer den anderen sieht.

Armer Ritter

Sein Alter war schwer zu schätzen, wie das bei Menschen, die zuweilen auf schwere Medikamente angewiesen sind, häufig der Fall ist. Ich schätze ihn auf etwa 60 Jahre - um überhaupt etwas in der Hand zu haben. Den Kopf trug er stets ein wenig gesenkt, das Haar war kurz geschoren. Von Weitem schon sah man deutlich, dass er an einer psychischen Krankheit litt. In der ganzen Stadt gab es nur ein einziges Café in welches er eingelassen wurde- und noch eingelassen wird. Er bekommt dort täglich mehrere kostenfreie Getränke, zumeist Zitronen-Wasser aus Biergläsern oder aber Cola. In diesem Café gibt es für jeden einen Part. Niemand bleibt außen vor. Aber heute ist er nicht gut drauf. Ein Ritter ist er am heutigen Tag, zumindest seiner Verkleidung nach zu urteilen. Er trägt ein Schwert und etwas auf dem Kopf, das blinkt und wohl Teil einer Ritterrüstung darstellen soll. Er beginnt die Stammgäste in wildem Kriegsgeschrei anzubrüllen. Niemand weiß, was heute in ihn gefahren ist. Ob gute Geister ihn verlassen, oder aber vielmehr heimgesucht haben. Auch in den nächsten zwei Tagen wiederholt sich dieses Schauspiel, der Wirt ist ratlos, niemand weiß so recht wie mit dem Ritter am besten umzugehen wäre. Am nächsten Tag dann erscheint er ohne sein Schwert. Sanft und schön ist er heute, scheu fast. Auf seinem glatt geschorenen Kopf, der, wie immer, ein wenig nach unten hängt, trägt er ein funkelndes Diadem. Er ist die Prinzessin, die der Ritter der vergangenen Tage offenbar zu schützen suchte. Wo ist er jetzt, wo sie ihn braucht? Allein steht sie am Tresen, zu hilflos um sich auch nur ein einziges Glas Wasser zu bestellen. Aus diesen Gläsern, so denke ich, dürfte eine wahre Prinzessin ohnehin nicht trinken.

Als vermutete der Kellner in jenem Moment genau das Gleiche, offeriert er der Prinzessin diesmal das Wasser aus einem Sektglas, mit Zuckerrand und einer Orangenscheibe. Auf einem kleinen, verzinkten Tablett, welches er ihr zuschob, befanden sich sogar einige Zimtkekse.

Er weiß, was sich gehört. Alle hier wissen es. Die Prinzessin erhebt ihr Glas, noch etwas unsicher, doch zunehmend findet sie zu sich. Hier braucht sie den Ritter nicht. Hier nicht. Sie knabbert verstohlen an den Keksen, nun deutlich rotwangig und selbstsicher. Gaston schnuppert vorsichtig an ihrem Bein. Das tut er immer, wenn er nett sein will. Doch jetzt schon beginne ich mich um sie zu sorgen, wenn ich aus dem Fenster schaue. Kaum einen Schatten kann man erkennen.

So dunkel ist es bereits, obgleich noch nicht einmal
Abend ist.

Gaston im Wald

Mit Gaston gehe ich oft in den Wald- Ihm scheint es dort genauso gut zu gefallen wie mir. Gefallen ist noch untertrieben. Ich weiß nicht, ob Sie das von sich kennen, doch hat ein Wald eine Seele.

Ebenso wie ein See, ein Meer, ein Berg oder eine Gebirgskette.

Sie sprechen zu mir, ohne Worte selbstverständlich. Doch die Art und Weise wie Gaston seine Ohren spitzt, wenn er dort mit mir unterwegs ist, sagt mir, dass er es auch vernimmt. Kein en Laut gibt er von sich. So als wüsste er, dass man eigentlich allein im Wald sein muss. Nur dem, ein wahrer Philosoph hat dies Mal geäußert, der allein im Wald unterwegs ist erschließt er sich. Für alle anderen ist es nur eine Ansammlung von Bäumen.

Nichts gegen Bäume. Auch im Einzelnen können sie sprechen, doch verhält es sich so wie ein Soloist im Vergleich zu einem überwältigenden Chor.

Sie überleben uns alle und es gibt keinen größeren Trost in dieser Langlebigkeit. Eine winzige, eine kleine Entsprechung gibt es in Agathes Haus im Wald. Dort ist alles erhalten, was ihr ihre Vorfahren erhalten habe. Ihre alten Möbel und Bilder, ihr altes Geschirr und ihre Bettlaken. Über Stunden konnten wir bei ihr sein.

Er inspizierte jedes Mal etwas Anderes. Sie zu verlassen war wie eine Zeitreise zu unternehmen. Sie zu besuchen, ebenfalls. Kein Wunder also, dass sich Gaston hier ebenso wohl fühlte wie ich. Aber das ist, mit Verlaub, bei Gaston ja auch kein Wunder.

Hier ist alles zusammengehalten, hat seine Ordnung in der Unordnung. Manchmal nämlich, überkommt mich alles zu

gleich.

Die Niedertracht der Ilske B., die Dummheit des Kürbisskopfes, aber auch die fast rührend hilflosen Berechnungen des B., die sich am Ende, nicht nur mangels ausreichender Schulbildung als falsch erweisen werden.

Meine tote Freundin, meine ermordete Katze, die Vergänglichkeit und letztliche Unrühmlichkeit allen Seins.

Doch dann kommt Gaston. Nicht einer. Es sind viele, wie aus mehreren Dimensionen zusammengesetzt. Viele, die sich dann, nach einigen Minuten, vielleicht auch einem Schnaps, endlich zu einem einen.

Der Schuh der Schande

Aus zuverlässiger Quelle wurde mir die Begebenheit mit dem Schuh zugetragen. Ursprünglich hatte es sich, so wie sich das gehört, selbstverständlich um zwei Paar Schuhe gehandelt.

Sie waren, mit dem Hinweisschild: „Zu verschenken" versehen und standen gemeinsam mit einem goldgerandeten Teeservice und mehreren Büchern auf dem Trottoir.

Die Zeugin, auf deren Aussage ich mich von jeher verlassen konnte berichtete mir, nicht ohne ein ausdrückliches Erstaunen, dass sie bereits einen der Turnschuhe, den linken, in ihrer Hand gehalten habe, als ein Wildes Paar schon hinter Uhr stand, den rechten Turnschuh schnappte, schneller als sie reagieren konnte, um ihn voller Verachtung auf das goldumrandende Geschirr zu schmettern.

Die Zeugin wagte es nicht etwas zu sagen, zu sehr schien das Paar mit seinen blitzenden Augen und den vor Verachtung nach unten ziehenden Lippen auf Ärger aus. Doch schon griff eine andere Hand in den Karton mit dem offerierten Geschirr und rügte mit unverkennbar osteuropäischen Akzent ungerührt die Vandalen. „Doch nicht aufs Geschirr werfen."

Die Zeugin freute sich. Dank dieser Heldin, welche die Vandalen in die Flucht geschlagen hatte, würde sie nun zu ihrem Turnschuh kommen. Die Vandalen möchten das General der Frau nicht und waren ebenso schnell verschwunden wie sie frommen waren.

In freudiger Erwartung ging sie davon aus, dass die Frau aus Osteuropa Dich das goldumrandete Geschirr nehmen würde, was sie ihr von Herzen gönnte, immerhin war es sehr stilsicher und auch gänzlich unversehrt, sie aber wiederum bald im Besitz beider Turnschuhe wäre, welche nicht nur Frau ihre Größe hatten, sondern darüber hinaus in ihren beiden Lieblingsfarben gehalten waren, welche in der marmorierten Musterung sanft und elegant scheu ineinander übergangen, fast flossen.

Jedoch dachte die Frau gar nicht daran ihr den passe den zweiten Schuh auszuhändigen. Ebenso harsch, wie sie zuvor das Pärchen angeherrscht hatte, fuhr sie nun die Zeugin an ihr sofort den zweiten Schuh auszuhändigen.

Diese war verständlicherweise einigermaßen bestürzt und fassungslos. Die Fordende begründete ihren Anspruch mit dem Hinweis darauf, dass der

Schuh ganz genau ihre Größe habe, was meine Zeugin auch von sich bestätigte, so daß nun ein anderer Weh gefunden werden musste um eine Entscheidung darüber treffen zu können, an wen der andere Schuh nun fallen solle.

Zwar ging die Zeugin davon aus, dass dieser im Grunde ihr Zustand, immerhin hatte sie ihren linken Schuh als erste aufgehoben, doch wollte sie zumindest eine faire Entscheidung über das Schicksal der Schuhe entscheiden lassen. Daher schlug sie hierauf, die zur Kontrahentin geworden war, das Spiel um das Glück, nämlich Schere, Stein, Papier vor.

Sollte das Schicksal und das Glück entscheiden. Es gab eine gute Chance für die Frau zu gewinnen, doch offenbar waren derart Spiele nicht ihre Sache. Sie werden den Schuh nicht haben! Diese Worte warf sie unangemessen laut, unangemessen grimmig und unangemessen triumphierend aus, reckte das harte Kinn und steckte sich den Schuh gänzlich ungeniert in ihre Einkaufstasche und ließ die verdutzt Zeugin melancholisch mit ihrem Schuh zurück. Gerade jetzt kam ihr Gandhi in den Sinn. Vielleicht ja, weil es er vorgezogen hatte barfuß zu laufen. So stand sie mit

Gandhi im Kopf und dem Schuh in der Hand. Ihrem Schuh in der passenden Größe, mit ihren beiden Lieblingsfarben, welche in dem Muster so hübsch psychedelisch ineinanderflossen. Du wirst ihn doch auch nicht haben, dachte sie der kleiner werden Frau, hartherzigen hinterher und dufte sie in Gedanken. Den Schuh indes ließ sie nicht zurück. Die hartherzige Frau würde nicht zurückkommen um nachzusehen. Ein Mensch wie sie würde wohl von sich selbst ausgehen. Auch sie hätte ihn nicht zurückgelassen, sondern eher in einen Müllshredder geworfen. Sie nahm ihn zu sich nachhause und platzierte ihn so in ihrer Wohnung, dass sie das Wesen des Menschen nie vergessen möge.

Ich tröstete sie ein wenig, immerhin, bemerkte ich, gäbe es auch andere Menschen. Menschen, die ihr Schuhe geputzt und geschniegelt verschenken statt sie wegzuwerfen, Menschen die anderen raschen fairen Angebote machten, so wie etwa Schere, Stein Papier zu spielen. Sie nickte, so Abstände sie meine Ausführungen immerhin nicht ganz abwegig. Ja, ich erzählte ihr sogar die ganze Geschichte von Gandhi und den Schuhen. Diese trug sich so zu, dass Gandhi, der gerade auf einen Zug aufgesprungen war, hierbei einen Schuh verlor. Also warf er seinen verbliebenen Schuh ebenfalls aus dem Zug. Seine Begleiter fragten ihn, warum er dies täte. Da antwortete er, dass dann der, der die Schuhe fände wenigstens etwas mit ihnen anfangen, und sie tragen könne.

„Deshalb dachte ich an Gandhi", murmelte meine Bekannte. Gaston schnüffelte lange an dem Schuh, dann rieb er seinen Kopf an ihrem scheuen Bein um die Ärmste anständig zu trösten. *Trotzdem*, resümierte diese, *trotzdem*. Der Schuh soll mich dennoch an die Menschen erinnern an welche ich in diesem Leben nicht vorbereitet gewesen bin.

Das wiederum konnte ich gut verstehen und Gaston, wenn ich mir seine verständigen Augen so ansah, offenbar ebenfalls.

Maxime

Sicherlich sagt wohl so ziemlich jeder von seiner Katze, dass es keine weitere wie sie gäbe. Lassen Sie uns daher nicht sinnlos darüber streiten. Vielmehr lassen sie mich bitte einfach von ihr berichten:

Maxime wuchs als kleines Kätzchen bei einem jungen Paar auf, das sich liebevoll und ausschließlich um sie kümmerte. Es geschah nicht ohne Hintergedanken. Vielmehr wollte man sich so bereits ein wenig auf eine künftige Elternrolle vorbereiten.

Als es dann soweit war, wurde Maxime ohne es auf die lange Bank zu schieben, fallengelassen. Der Begriff fasst es so gut zusammen wie es wohl kaum ein anderer vermochte.

Zunächst versuchte sich Maxime aus Verzweiflung in den eigenen Schwanz zu beißen. Hierbei drehte sie sich ständig wie ein Derwisch um sich selbst.

Als sich dieses schließlich erschöpft hatte begann sie die Menschen zu beißen. Zumeist hielt sie sich zwar von ihnen fern, doch wenn es sich nicht vermeiden ließ, wenn es also vorkam, dass sie einem begegnete, biss sie ihn. Maxime tat mir leid. Ich glaubte ihren Schmerz zu spüren; den Schmerz, den sie nun weitergab, ohne dass er dadurch weniger wurde.

Ich suchte sie, wenn sie, wie so oft, in einer Hecke oder unter einer Treppe vor den Menschen versteckt. Bei Gewitter und Kälte versuchte ich sie in mein Haus zu locken, doch zog sie es vor in der Kälte zu schlafen. Ich baute ihr ein Häuschen und kleidete es mit Decken aus.

„In der Nacht rief ich zu jeder Stunde nach ihr. Acht lange Jahre dauerte es, bis sie das erste Mal meinem Ruf folgte. Alsbald schlief sie emtweder in meinem Bett, oder aber in einem Körbchen an der Heizung.

Während meiner Arbeit am Computer lag sie im Druckerfach, so dass dieser blockiert war. Doch brachte ich es nicht über mich sie wegzuschieben.

Dass Maxime mich irgendwann beißen könnte, daran verschwendete ich keinen Gedanken. Sie würde es nicht tun. Das stand für mich fest. Etwas hatte uns zusammengeschweißt. Ich wusste, dass ich ihre letzte Chance war; dass ich ihr das in einen Menschen gesetzte Vertrauen keinesfalls nochmals enttäuschen durfte. Dieser Verantwortung war ich mir bewusst.

Nur einmal, eine entfernte Bekannte war mit einem Babykätzchen vorbeigekommen und wollte es mir, gerade wie man das mit Babys jeder Art so tut, in den Arm legen als Maxime mir einen warnenden Blick zuwarf. Ich sah ihre spitzen Eckzähne und wusste, dass sie mir das nicht verzeihen würde. Zu tief saßen ihre Verletzungen als dass sie nicht wieder versucht hätte diese weiterzugeben. Nein, das riskierte ich nicht. Das Baby Kätzchen blieb im Arm meiner Bekannten, und Maxime strich mir zufrieden um die Beine. Das Gleichgewicht ihrer Welt war nun wiederhergestellt. Das meine auch. Um ihre Zähne ging es nämlich nur am Rande. Vor allem war es das: Wir bildeten eine untrennbare Einheit. In den Nächten kringelte sie sich neben mir ein. Wenn sie da war fühlte ich mich niemals allein: Ihre Atemzüge wechselten sich mit einem leisen schnarchen oder Schnurren ab. Hinzu kam der vertraute Geruch ihres Fells. Mein Herz schlug immer ein wenig aus dem Takt vor Glück, wenn ich sie nur sah. Sogar meine Reisen ins Ausland begannen mir unwichtig zu werden; bedeuteten sie doch, dass ich auf Maxime verzichten musste. Besonders als sie krank wurde; dies verstärkte unsere Bindung nochmals, da bereits ihr Ende deutlich darin geschrieben stand. Ihre Krankheit zog sich chronisch hin, so dass ich nicht wusste, ob ihr Leiden abgekürzt werden sollte oder nicht. Trotz ihrer Krankheit genoss sie das Leben dennoch.

Es kam mir so vor, und ich glaube nicht, dass es sich hierbei nur um Wunschdenken handelte.

Fast kam es mir so vor als hätte sie Angst davor mich allein zurückzulassen. Vielleicht war dies tatsächlich der Grund für ihr so besonders langes Leben.

Ich kann es natürlich nicht mit Sicherheit sagen, dieses wäre, mit Verlaub, vermessen.

Es fiel mir zunehmend schwerer von ihr wegzugehen, und tatsächliche wartete Maxime mit dem Sterben auf mich bis ich aus dem Italien Urlaub zurückgekehrt war.

Das war lange vor Gastons Zeit. Doch will auch er nicht teilen.

Wann immer ich mir Bilder von ihr ansehe, versucht er, in letzter Zeit eindringlicher denn je meine Aufmerksamkeit zu erlangen, Grenzen kannte er hierbei nicht, was mich ein wenig beunruhigte.

Doch hatte er, wie sonst eigentlich nur Katzen, seinen eigenen Kopf. Seither nehme ich ihn überall hin mit- selbst zu Mathilda und dem Konzert mit ihr. Wer weiß, vielleicht hilft ja das ein wenig.

Mathilda

Mathilda war eine kleine, steinalte Mischlingshündin, die bei keinem der Königsfelder Blaskonzerte, die besonders den Winter dort erträglich machen, wegzudenken war. Zunächst dachte ich mir, dass die verblüffende Tatsache, dass auch der größte Geräuschpegel sie nicht aus der Ruhe brachte, mit einer

Alterstaubheit in Verbindung stehen könnte, doch wurde mir glaubhaft versichert, dass Mathilda so gut höre wie ein Luchs. Da mir dieses Sprichwort geläufig war, entnahm ich ihm, dass es mit Mathildas Gehör also durchaus noch weit her war. Es war wunderbar sie da so liegen zu sehen im Kreis des Blasorchesters. Es schien gerade so als sei sie hier, und nur hier, zuhause. Die längst vergangenen Abende. in denen mein Bruder Trompete zu üben pflegte, kamen mir in den Sinn. So lang war es her. Längst war aus ihm etwas ganz und gar Unerfreuliches geworden, doch immerhin auch etwas, das meine Angst vor dem Tod überwunden hatte. Wie hatte ich ihn immer gefürchtet, den Tod. Überall war er mir begegnet, selbst in Mathilda, dem kleinen, uralten Hund. Doch wenn man solche Menschen kennt wie Benischek einer ist, unter-strichen noch durch die freudlose Existenz seiner herrschsüchtigen, buckligen Frau, dann kann einen der Gedanke an den Tod wahrlich nicht mehr schrecken. Vor allem wenn einen äußere Umstände beklagenswerterweise dazu zwingen sich in der Nähe solcher Menschen aufzuhalten. Ja, dann erst recht. Verdichtet sich in ihnen doch all das, was den

Menschen klein und engherzig werden lässt. Der Tod muss einem also folgerichtig geradezu als eine Art großer Erleichterung erscheinen. Ob Mathilda jemals über den Tod nachgesonnen hat? Können Hunde so etwas? Ich würde sagen, dass sie es können. Doch Mathildas Taktik ist offenbar eine andere. Sie lauscht der Musik. Vielleicht ist das eine schönere Art keine Angst mehr vor dem Tod zu haben als meine. Ich kann es, wie meistens, wieder einmal nicht sagen. Stattdessen ruht mein Blick auf ihr. Ich sehe wie sich ihr kleiner Körper mit jedem Atemzug anhebt und wieder senkt, nehme die zahllosen grauen Haare wahr, die ihr Fell eingenommen haben. und spüre die Ruhe, die in all der Musik von ihr ausgeht. Jetzt, gerade in diesem Moment, hoffe ich, dass das Winter-Konzert nicht so schnell vorbeigehen wird, die kraftvollen Trompeten nicht verklingen werden. Ich möchte noch dableiben im Kreis der Musiker und bei ihr, bei Mathilda. Gaston möchte das offenbar auch. Mit glasigen Augen sitzt er versonnen neben meinem Bein und lauscht. Wann immer sich Gaston einigermaßen wie ein Hund verhält, bin ich erleichtert. Dennoch lässt sich keinesfalls leugnen, dass etwas in ihm vorgeht. Gerade so als spürte er mit seismographischer Präzision, dass sich etwas ankündigte. So wie er sich gleich zu Beginn unserer Bekanntschaft mit Ilske und Hundekuch angelegt hatte, so spürte er nun, wie Ilskes schwächlicher Ehemann, trotz Sportwagens und seinen pikanten Freitags-Ausflügen vom eigenen Leben gelangweilt, begann mir zuzusetzen. Was ich in dieser Zeit ohne Gaston hätte anfangen sollen, ist mir ein Rätsel. Seine Blicke wurden fast menschlich; er heckte etwas aus. Da er hierbei jedoch zumeist entzückend aussah, verdrängte ich sein letzthin recht bizarres Verhalten soweit es mir möglich war.

Benischek 1- Das Clubhouse

Jetzt zieht Benischeks Elend durch die Ritzen. Man kann es nicht mehr vertuschen.

Er schreckt noch nicht einmal mehr vor sich selbst zurück.

Den Garten hat er bereits zerstört. Schweren, vereisten Schnee über die Rosen gekippt. Gaston schnüffelt im Winter an dem zerstörten Häuschen. Sein Bein hebt er nicht. Das hat Benischeks Sohn bereits getan, als er im Sommer, vor den Augen seiner grölenden und besoffenen Eltern an das Häuschen gepisst hatte.

Es war das kleine Häuschen von Benischeks Tochter gewesen. Hier hatte sie unzählige Clubnachmittage mit Puppengeschirr abgehalten nachdem sorgfältig ausformulierte und außerordentlich aufwändig verzierte handschriftliche Einladungen ihrerseits herausgegangen waren aus denen hervorging, dass die Gastgeberin sich auf ihre Gäste freute. Zumeist eine Mischung aus Stofftieren, ihrer erklärten Lieblingstante, Puppen sowie Oma und Opa auf viel zu kleinen Bänkchen. Wie sie das Clubhaus geliebt hatte! Ihres und meines. Benischek hatte es, unberechenbar, boshaft und zornig, in einem Anfall entgleister Raserei zerstört, so wie er alles zerstörte. Selbst das, was er nicht glaubte zu zerstören. Irgendwo konnte er wohl nicht anders. Als der Schnee des Winters das Clubhaus einhüllte sah es beinahe so aus, als legte er sich schützend um die zerstörten Stellen.

Als ich zum Fenster hinausblickte hoffte ich beinahe, dass es immer Winter bleiben möge.

Brothers in arms

Zwischen Benischeks Ende (obgleich ich recht ungern vorgreifen möchte), Maximes Tod und dem Konzert mit Mathilda lag etwas Unverständliches. Etwas, das sich kaum erklären ließ, war mit Gaston geschehen. Es begann damit, dass er laut träumte. Er bewegte gar seine Beine im Schlaf als wolle er rennen. Dies steigerte sich dann zu Bewegungen die an hüpfen, fliegen, stehen oder sitzen gemahnten. Dabei hechelte und bellte er- selbst im tiefsten Schlaf.

Für eine Weile schlief ich daher im Wohnzimmer. Es war nicht an Schlaf zu denken mit einem so unruhigen Träumer mit Gaston. Wenn ich mir jedoch vor Augen führe, was kurz darauf aus ihm wurde, so bin ich mir gar nicht mehr so sicher, ob Gaston tatsächlich nur träumte, oder ob nicht vielmehr etwas Anderes, Größeres mit ihm geschah. Etwas, das sich unseren Erfahrungen weitgehend entzieht.

Es kam mir so vor als bereite er sich auf einen Kampf vor. Ich dachte an Benischek, meinen Feind, zumindest war er ein solcher geworden, nachdem ihm etwas Hirn und Geist vernebelt hatte.

Nun fragte ich mich, ob Gaston sich auf etwas vorbereitete wobei er mir zur Seite stehen wollte.

In gesteigerter Form, sozusagen.

Dass er mir ohnehin immer zur Seite stand war die eine Sache. Dass, was hier gerade, Nacht für Nacht, vor meinen Augen geschah, eine andere.

Eines nachts hatte jemand ungefragt das Licht im Wohnzimmer entzündet, und es somit erhellt.

Gaston saß auf dem Wohnzimmertisch, aufrecht wie ein kleines Kind und sah mich an.

Wusste er schon, dass Benischeks Ende nahte?

Hatte er etwas damit zu tun? Rückblickend kommt es mir so vor. Wie es jedoch so weit kommen konnte, weiß ich bis heute nicht.

Benischeks 2 - Das Ende

Wenn ich wüsste, dass morgen die Welt unterginge, würde ich
heute noch ein Apfelbäumchen fällen.
(Herr Benischek)

Ein Feuer beendete Benischeks unseliges Leben,
wobei ich noch heute davon überzeugt bin, dass ihn
dies direkt auf das Höllenfeuer vorbereitete, welches
wohl sein neues Zuhause sein würde. Nicht ich habe
diese Assoziation gebildet, wobei sie naheliegend ist.

Indes war Benischek unbeliebt genug, so dass sich genügend Menschen fanden, denen ein dergleich gestaltetes Weiterleben nach dem Tod nur in jener Form denkbar zu sein schien. Begonnen hatte das Elend damit, dass Benischek sein Brennholz vor meinem Fenster stapelte um mir das Tageslicht zu nehmen. Zugleich waren alle Fluchtfenster von ihm verbaut worden, selbst zu den Räumen, zu denen auch er Zutritt hatte, und die die täglich von ihm genutzt wurden. Sein überbordender Hass hatte jedes Denkvermögen bereits vor Jahren gänzlich ausgeschaltet, was sein trüber Blick unschwer verriet, so dass ich es aufgegeben hatte ihn auf all das aufmerksam zu machen. Da ich mich ohnehin kaum noch in dem unglücklichen Haus aufhielt, überließ ich Herrn Benischek seinem Schicksal, welches ihn auch zuverlässig ereilte. Er verbrannte. In der Nacht zuvor hatte ich deutlich und klar von einem Gaston geträumt, der neuerdings mit recht unnatürlichen Fähigkeiten ausgestattet war. Ob das etwas zu bedeuten hatte?

Die Fluchtwege waren Benitschek angeschnitten, er selbst hatte das getan. Ganz gemäß der Aussage, dass man selbst in der Grube landete, die man für andere gegraben hatte, so war es auch im ergangen. Fast zu linear, fast zu kausal.

Von daher blieben gewisse Zweifel zurück, ob die personifizierte Niedertracht, Benischek selbst bei seinem eigenen Tod ein wenig nachgeholfen haben könnte.

Auch hier sagten jene, die ihn nicht mochten, dass die Bosheit den größten Teil ihres Giftes selbst tränke. Ich weiß nicht, was von solchen Sprüchen zu halten ist. Ich war auch nicht gerade froh über Benischeks Ableben.

Nun würde er keine Chance mehr zur Kehrtwende haben. Der Weg zurück war verbaut. Man konnte sich – ganz umsonst- auf den Kopf stellen.

Ich war nicht froh über sein Ableben, doch kann ich nicht umhin zuzugeben, dass ich ganz merkwürdig erleichtert war. Gaston fraß drei Tage nichts.

Vor Erleichterung würde ich sagen. Sicher allerdings bin ich mir nicht. Draußen lief eine Riesin auf Stelzen vorbei und verteilte Prospekte. Das indes beunruhigte mich fast noch mehr als alles andere.

Manchmal ist es merkwürdig, worüber man sich so sorgt.

Verstrickungen

Seit Benitscheks Tod war mir Gaston ein wenig unheimlich geworden. Was, wenn er tatsächlich über bestimmte Fähigkeiten besaß, die kein guter Geist ihm beigebracht haben mochte. Wie sonst wären all die Mucken Gastons, wie sich auf zwei Beine zu stellen wie ein Mensch vor mir aufzubauen, oder auf einer Wäscheleine herum zu lümmeln. Von seiner neusten Vorliebe die Decke hinauf zu spazieren oder gar zu schweben will ich erst gar nicht reden.

Dies alles mit einem so leeren, so durch und durch unbeteiligten Gesichtsausdruck als wüsste er von nichts.

Nicht nur einmal blieb mir bei solchen Gelegenheiten das Herz beinahe stehen. Hatte die teuflische Verbindung, die diabolischen Verstrickungen seiner früheren Besitzer letztlich doch auf ihn abgefärbt? Seinem Schicksal kann man am Ende nicht entrinnen. Vielleicht konnte dies nun auch mein ärmster Gaston nicht. Ich bemühte mich also darum ganz besonders freundlich zu bleiben und gab vor nicht zu bemerken welche Verrücktheiten er sich derzeit erlaubte. „Nein!", sagte ich an irgedeinem Punkt, den ich selbst nicht mehr eingrenzen kann, zu mir. Man muss sich dazu entschließen seinem Hund zu vertrauen. So oder so. Alles andere ergab keinen Sinn. Gaston war mein Engel. Soviel stand fest. Meine Angst vor Hunden, selbst wenn sie sich zuweilen wunderlich verhielten, hat er geheilt. Gestern hat er ein Küken gerettet- nicht nur das, lieber Gaston. Nicht nur das!

Epilog

Während ich an der Bushaltestelle stehe, und ein Obdachloser laut betet, bemerke ich, dass Gaston nicht bei mir ist. „Heilige Mutter Gottes", schluchzt der Mann, „gebenedeit bist Du uter den Weibern und gebenedeit die Frucht Deines Leibes!"

Dann hält er inne, dreht sich zu den Wartenden um und warnt sie gegenseitig voreinander.

Die Wartenden tun so als hörten sie ihn nicht. So etwas macht mich prinzipiell misstrauisch.
Was, wenn tatsächlich nur ich ihn sehen kann? So wie Gaston?

Ich muss Ihnen, lieber Leser, nämlich etwas beichten. Doch, halt.

Soeben rümpfen zwei Frauen boshaft ihre Nasen und tuscheln, während sie auf den Betenden weisen.
Offenbar sehen sie ihn auch. „Bete für uns jetzt und in der Stunde unseres Todes!" Seine Stimme wird lauter, eindringlicher. Jetzt lachen ein paar Jugendliche auf. „Du Opfer", ruft einer, „Spast", der nächste, ein Dritter spuckt auf den Bordstein. Sie grinsen oder schütteln die Köpfe, sie rümpfen Nasen oder tippen sich an die Stirn.

Den Betenden hält das nicht ab. „Heilige Mutter Gottes!" Er hat beide Arme ausgebreitet, auf der anderen Straßenseite, hinter dem Postgebäude neigt sich die Sonne. Studenten tragen Chipstüten unter den Armen und geben vor ihn nicht zu sehen.
Fast ist er auch mir unheimlich.
Er hält die Arme so ausgebreitet als erwarte er die Mutter Gottes zu umarmen?
Am Himmel scharen sich ros-farbene Wölkchen mit blauem Rand. Kann er sie sehen, die Mutter Gottes?
Ist sie hier? Mein Bus kommt. Doch von Gaston weit und breit keine Spur. „Gaston, komm zu mir!" ruft nun der Obdachlose und ändert seine Körperhaltung. Nun bückt er sich ein wenig mit seinen zerlumpten Hosen und streichelt einen kleines Wesen, einen unsichtbaren Hund. Nun lächelt er. Tränen schießen mir in die Augen. Hoffentlich, denke ich, bemerkt das keiner. Man wird ja ganz schnell in ein schlechtes Licht gerückt. Nachher rümpft jemand noch die Nase, nur weil ich meine Tränen nicht für mich behalten kann. Eine italienische Sonnenbrille schafft, zu meiner Erleichterung für den Moment Abhilfe.

Nun habe ich sie wenigstens nicht umsonst seit Wochen in der Tasche mit mir herumbetragen.

Im Bus wage ich mich nicht noch einmal aus dem Fenster zu schauen.

Gaston ist nämlich, ich hatte Ihnen angekündigt Ihnen etwas zu beichten, gar nicht mein Hund.

Er gehört einer Malerin, einer jungen Frau, die in Prag lebt. Er war nie bei mir- und doch weiß ich nicht, was ich ohne ihn tun soll.

Alles hat er schon gesehen und er weiß mehr als er uns jemals sagen würde. Vielleicht ist er viele. Vielleicht ist das bei ihm so eine Sache wie mit den Paralleluniversen. Zugegebenermaßen kenne ich mich nicht allzu gut damit aus. Aber wer weiß, vielleicht war er doch die ganze Zeit bei mir, mein Engel, mein Gaston. „Heilige Mutter Gottes" betet derweil der Obdachlose, doch das kann ich nicht mehr hören.

Der Bus kommt vor der Universität zum Stehen. „Endstation", knarzt die glatte Stimme über den Lautsprecher. „Endstation Universität".

In ihrem Atelier.

Bei einem Interview über ihre Kunst.

Für mich ist Klára Sedlo eine der originellsten, und inspirierensten Künstlerinnen der heutigen Zeit. Es ist mir eine große Ehre, mit ihr zusammen zu arbeiten.

Autorin, Claudia J. Schulze:
Studium der *Literaturwissenschaften*, *Psychologie*, *Kognitionswissenschaften* und *Philosophie* in Freiburg, Zürich, Karlsruhe und Konstanz. Abschluss in Pädagogischer Psychologie mit Literatur-Didaktik, Promotion in Freiburg.
Redaktionsmitglied der Literaturzeitschrift *WANDLER*
Mitglied der *Konstanzer Autorengruppe „Literarisches Café"* und des *Steinbachensembles* (Baden-Baden)
Veröffentlichung mehrerer Kurzgeschichten sowie Lyrik und Auszüge längerer Erzählungen in unterschiedlichen Literatur-Zeitschriften in Deutschland, Österreich und der Schweiz (Wandler, cet, Am Zeitstrand, decision, Anthologien wie die Bibliothek deutschsprachiger Gedichte, Hörbücher (In den Schuhen der Welt, Nachtflüge) Print- & Online-Veröffentlichungen, Print-On-Demand.
Autorengruppen in sozialen Netzwerken mit Veröffentlichungen, Sprecherin
Veröffentlichung mehrerer Rezensionen (Print- und Online), Bibliothek deutschsprachiger Gedichte, Slam-Poetries, zahlreiche Autorengruppen und Literatur-Blogs, Schwerpunkt: Russische Klassiker.

Claudia J. Schulze
Der Tote
Short Stories
Claudia J. Schulze
Famille heureuse
Short Stories

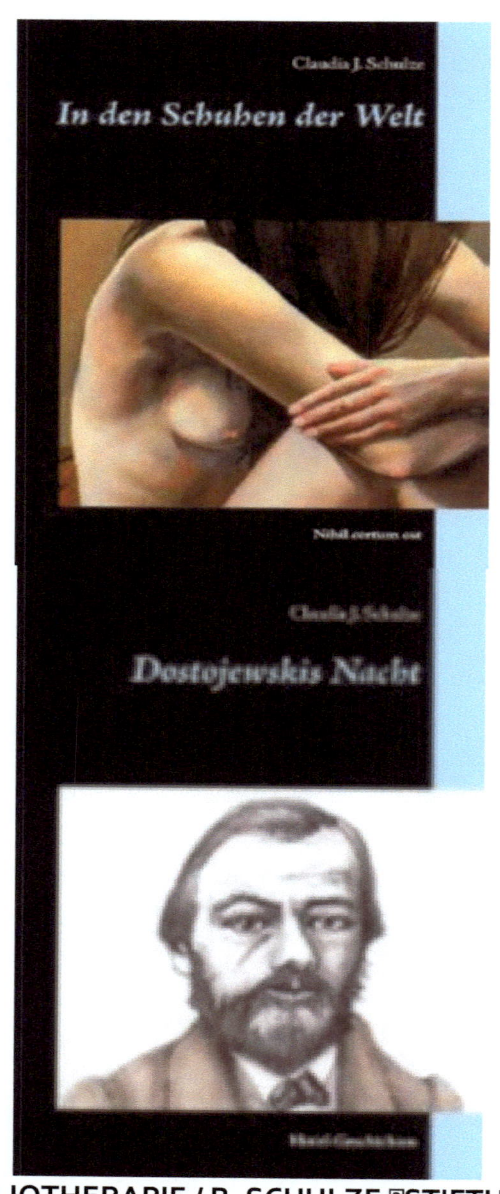

REIHE: BIBLIOTHERAPIE / B. SCHULZE ⬚STIFTUNG